KB070995

전연욱 대표시조 153

전연욱 대표시조 153

초판 1쇄 2017년 1월 20일
지은이   전연욱
펴낸이   김영재
펴낸곳   책만드는집

주소   서울 마포구 양화로3길 99 4층 (04022)
전화   3142−1585·6
팩스   336−8908
전자우편 chaekjip@naver.com
출판등록 1994년 1월 13일 제10−927호
ⓒ 전연욱, 2017

* 이 책의 판권은 저작권자와 책만드는집에 있습니다. 이 책 내용의 전부
   또는 일부를 재사용하려면 양측의 동의를 받아야 합니다.
* 잘못 만들어진 책은 구입하신 서점에서 바꾸어드립니다.
* 이 책은 한국예술인복지재단의 창작준비금 지원을 받아 제작되었습니다.

ISBN 978−89−7944−586−2 (03810)

전연욱 대표시조 153

책만드는집

| 차례 |

제5시집　멀미

제6시집   산바람 소리

제1시집

비를 몰고 온 바람

저녁놀

저 찬란한 휘장 너머
은밀히 이는 모반

태곳적 입덧 내던
만삭의 몸부림이

밤바다
우리에 갇혀
문고리를 비튼다

첫추위

지난해도 내 머리맡은
늘 벌판이던 것을
지금은 뱃속 깊이
스며드는 저린 바람
막내가 감기를 앓으며 찾는
할아버지 밥상 위의 굴비

전당포에서 시계와 바꾼
황금빛 굴비 한 마리
이 아침 밝은 햇살도
비늘 튀듯 날리네
내 뼛속 마디마디를
모닥불은 타누나.

귀로歸路 1

집으로 가는 길은
오 리五里쯤 남아서 한가롭다
노을만 내려앉은
들녘도 다스리며
빠트린
넋일랑 챙겨
허리춤에 차고 가자.

참으로 소중한 꿈은
꿈으로나 남겨두리
타는 불길도 없이
쓰러진 너를 업고
차마 내
저승에는 못 가리라
또 한고비 넘는 고개.

비 2

갈아놓은 칼날 같은
풀잎 끝에 맺힌 방울
이 세상 끝까지를
다 적시고 오신 비야
끊어진
다리목에 와
나룻배만 적신 비야.

자식 정 님의 정이
한데 엉겨 내리는 비
활짝 핀 목련 송이
한 잎 두 잎 떨구누나
만 갈래
금이 간 가슴
넋을 놓고 적시누나.

빈집

사람이 드는 문은 역부러 잠가두고
하늘 트인 곳 따라 뻥긋이 열린 봉창에는
낙엽이 떨어지면서 산 무덤을 쌓누나.

끼니도 잊은 채로 찻잔에 물 따르면
서성대는 눈동자에 더운 김 서린 마음
더불어 있을 사람은 가고 담벼락만 높아라.

빈 뜨락 구석구석 울음으로 메워두고
이웃 사람 말 걸까 나들이도 삼가는 날
띄웠던 낡은 봉투가 편지함에 꽂혔다.

가위절

지아비 없는 명절
송편도 목이 멘다
두 아이 닮은 얼굴
집시와 모나리자
구름은 빗겨만 가네
달빛도 추운 추녀

이웃집 도맛소리
내 아이 실로폰 소리
향긋한 나물 냄새
절뚝대는 시계 초침
그 아낙 야윈 행주치마
눈물짓는 베갯잇.

새해

먹구름만 휘몰려 와
가뭇없는 안마당
할퀴고 동강 난 몸
접붙이는 또 한 해를
담담히
서로를 열어
먼 손을 맞잡는다.

심야深夜 문을 여는
엄청난 채무 앞에
흥정에 목은 타서
돌아누운 돌기둥
부대껴
하늘을 여는
창窓이여, 너 떨고 있나.

도붓장수

작은 날개 펼쳐
바람 따라 오면서
문전 문전 두들기다
돌아선 외기러기
늪가에
주저앉아서
밀린 일기를 쓴다.

빚과 한으로 연명해온
다 낡은 함지박에
오늘은 빛바랜 꿈과
파기破棄들만 담아 이고
물새도
바다 멀밀 않는
애간장을 팔거니.

묵시默示

뭇 사물도 상념想念도
끝없는 시공時空을 이을쏜가
우리 미래도 과거도
공간에서 익사할 뿐
참으로 무량한 것은
없는 것의 있음이로다.

그 정체를 밝히잖는
신이여, 영혼들이여,
우리네 행복이란 건
속박의 어전衙前이오.
못 여밀 내 마음 한 자락
별같이, 바다같이

소식

그 개화開花의 시절
정원사가 하던 가위질
휘어질 듯 익은
감빛을 이고 떠난 아낙
돌아온 함지 가득히
지친 일몰이 쌓인다.

때아닌 벚꽃이 피어
누리가 출렁이네
황홀한 저 눈雪빛을
벌목伐木으로 지탱할까
창문 밖 마음을 끌어내는
빗소리에 씻긴다.

미망 迷妄

우린 교차로에서 우연히들 만난다
구멍 난 바람 사이로 등을 밀고 돌아서면
홀로 선 기다림 하나 일몰을 줍고 간다.

제2시집

지옥도地獄圖

해변 1

잔잔한
햇살로 반짝이는
묵묵한 저 바다를
내 어찌 건널거나
기진한 가슴으로
드높던 해일도 눕고
병든 짐승으로 남아.
우− 우− 바람 소리
귀를 적신 파도 소리
일어나라 일어서라
물새의 날개를 달고
치솟는 목울음 하나로
그냥 떠내려갈거나.

해변 2

다 떠난 빈 바다를
너만 울먹이나 파도야
술 취한 발가락에도
낯선 눈이 걸린 이 백사장
벗겨진
외짝 신발로
돌아가랴 그 여인숙에.

해변 3

일어설 수가 없어요
무너질 듯 빈 가슴
찢기고 깨어져도
머물 곳 없는 파도
물새야
너만은 와서
눈먼 넋을 쪼아다오.

해변 4
– 제주 함덕해수욕장에서

억울해도 말 못 할 사연
묻고 묻은 바닷속은
이리도 환히 꿰비쳐
하늘로 빠져들고
한바탕
뿌린 소나기
만 평 초롱꽃밭이네.
이중섭의 아이들과 소 닭 비둘기 물고기며 게가
그림 속에서 모두 나와
소낙비를 마시는데
햇빛은
바닷속 바위틈에서
나랑 술래잡길 했다.

해변 5

자면서도 깨어서도 헛소리로 철썩이는

온전치 못한 가슴을 독주에 풀어놓고 얼얼하여 더욱 온전할 수 없는 가슴으로 바람벌에 섰더니, 십 년 전 내 귀를 간질이던 바람이 때때로 꼬리를 감추던 그 바람이, 오늘은 실명한 내 눈에 빛을 주고 더불어 싱싱해진 간肝을 훔쳐 옷자락에 숨기어 가버렸다.

저물녘 덕장에 걸린 생선의 푸른 눈빛.

해변 6
-뭍과 바다

엎어질 듯 엎어질 듯 야윈 내 가슴엔 친구가 나를 향해 무심히 그냥 무심히 쏘아버린 독침이 꽂혀 있다.

원수를 한 지붕 아래 두고도 보거니 못 보거니 된소리 삼키며 사는 이 나이에 굳이 널 내 가슴에서 밀어낸 허전한 자락을 불현듯 너의 가슴에 깔아놓고 나는 너를 도저히 따라잡을 수 없다고 생각했다. 뱀처럼 날렵한 혀와 계략에 찬 눈망울을 "내가 누군데!" 하고 의미심장히 내뱉는 열두 보따리 너의 뱃구레 속을, 뭍은 뭍으로 앉고 바다는 바다로 출렁일 수밖에…… 아무렴 넌 어느 날 내 위로 불쑥 솟았거니, 너를 감고 철썩이는 이 해변 어디쯤에서 이별을 남겨두라 친구야!

동박새 고운 울음 흘리고 사라진 뒤에 혼자 노는 물총새.

해변 7
-울릉도 태풍

바다로 나간 사내가
흰 이빨을 물고 돌아온다.
사무쳐 몸을 날려
바위섬을 끌어안고
야윈 손
허공을 젓다
땅을 치는 향나무들.
마침내 벼랑 위를
뿌리째 들낸 몸부림
달빛을 자르면서
파도에 뿌린 노래여
여자야
제풀에 죽은 여자야
저 귀곡성鬼哭聲에 화답하라.

해변 8
- 바다의 왕자들

태풍 뒤 바다에는
어느새 작은 배들이
우르르 몰려나와 있어요.

금지된 구역을
주인이 없는 사이
동네 개구쟁이들이
노략질을 즐기려 모였듯이
당당하게 희희낙락대며
언제든지 주인에겐 쫓길 태세로
그러나 동작이 뜬 놈은 잡히겠지만
오징어잡이 배도 한몫 끼어
밤에는 땅뺏기도 할 모양이에요.

햇살이 물비늘로 반짝거려
참, 평화롭기만 해요 꿈같이.

해변 9

더디 더디 오셔서
피가 멎는 사람아
네 허물 내 허물을
눈꽃 속에 묻어두고
그 말간
눈웃음으로
빙산처럼 굳어 섰자.

포르르 모여 앉았다가
흩어지는 물새 떼야
그중에 빈말이라도
지저귀고 가는 새야
내 하얀
파도로 치솟아
한 물살로 부서지자.

해변 10

바다여, 너의 깊이를
드러내지 않는 두려움이여
그 광활한 마태^{魔態}를
파란 파란 몸살을
신들린
선바람으로
훨훨 벗고 내 왔거니

파도여, 더불어 찢길
영겁의 내 노래여
비릿한 이 목숨도
씻어줄 너의 옷자락
눈물로
갚아온 생애
아, 물과 뭍의 만남이여.

해변 11
-밤바다

바다는 본디
아무런 색깔도 없었나 보다.
때로는 황홀한
쪽빛을 풀어놓았다가
해와 달
별들의 빛을 받아
물결로 반짝였을 뿐.

먹구름 실은 하늘이
발치까지 내려온 밤은
눈을 잃고 쓰러진
거대한 짐승이구나.
모래 위
사람의 족적들을
거둬 가며 우는 바다여.

해변 12
－홍도에서 흑산도에

바다 앞에 서면
기다림이 몸살로 온다.
알 수 없는 파도 소리와
쉼 없는 물살의 몸짓.
그냥은
돌아설 수 없는
금이 간 바위를 본다.

해풍에 묻어오는
해초 내음 내 유년의 내음
몸속 깊이 숨어버린
아픔들은 비집고 나와
세월에
마모된 바위틈을
흐드러진 진달래.

가도 가도 비바람
사람 속의 외톨이
떠밀렸다 되밀리는
귀도 먹고 속도 먹은

그러나
바다는 간간이
실어증을 토해낸다.

들녘에서

한 줄 시를 쓰다
가난에 취한 하루
맑은 들바람에
빈 배를 채우는데
무너진
산의 아미蛾眉여
오갈 데 없는 내 육신이여.

날 싣고 온 조각배
빗속을 돌아가면
내 손때 묻은 소품들만
이승의 피로 남고
대낮의
질긴 햇살 아래
허물만 누운 꽃뱀.

춘정 春情

봄볕이 깔리는 잔디에
강아지와 내가 앉아 놀다가
강아지는 나비를 잡으러 뛰어가고
목련이
헌 깃발로 떠는데
끈끈한 이 핏줄의 굴레여.

문드러진 내 청춘의
훈장인 양 꽂힌 건망증
그리 잦은 건망증도
잊을 일은 안 잊히어
개나리
노란 화관을 쓰고
눈부시게 죽어나 볼까

다시 미로迷路에서

먼저 떠난 너와
여기 처진 나와의 거리를
자질로 가늠한
몸살로 석양에 서다.
지난날
불던 바람만
옷자락에 여전쿠나.

스승을 친구를 사랑했던 사람의 이름을
힘주어 고백할 의미를 잃은
외로운 투정을 맥이 끊인 푸념을
술잔에 따르며 마시며 남은 우리들
목청껏 노래 한번 뽑아보지 못하고
불 꺼진 골목을 찾아 소피나 보고 갈 뿐
별빛이 노란 가로등 빛에 묻혀
황사 이는 새벽 가도街道.

사랑이 끊어져 가는
꼬리 끝을 이는 바람
생때같은 죽음을 보듯

우린 이별을 믿어야 하리
천지가
한바탕 뒤집힐 듯
벼락 치는 장마철엔

지옥도 地獄圖

목숨의 덫에 걸린
하얀 하얀 찔레꽃
살아선 못 헤어날
연옥에 너가 갇혀
뻗어 간
줄기마다 가시로다
실바람도 따가워라.

불두화佛頭花

다라니 천수다라니에
봉글봉글 꽃이 맺히네.
한 번 뛰며 눈물 쏟고
두 번 솟아 미소 짓는
바라춤
자바라 울림에
삭발한 비구니들.

너 목숨 밑동째
무딘 칼로 도려내는
그리 허한 골병으로
개안開眼하는 저 몸살
벙글어
지고 또 피는 너를
뻐꾹새가 우는구나.

5월의 여정 旅情

귀먹은 지 몇 해 만에
주린 귀를 채우나니
실개울은 저 혼자
노래하며 흐르지만
만취한
내 어질머리
깊고 높은 장단이여.
노시인
청산이 되어
추풍령을 다스리니
청솔이며 잡목들이
오물오물 시를 외네
꾀꼬린
그 발아래 앉아
시흥을 쪼아댄다.
5월은 천지가 온통
개벽을 한다 하였거늘
꽃이며 푸르름에
파묻혀 숨 멎것다
햇살은

장정壯丁의 팔뚝으로

대자연을 역사役事하더라.

첫 손자

내 너를 안고서 비로소
생명이 존귀함을 알았거니
내 너를 보면서 이토록
사람이 어여쁨에 놀랐거니
원수도
가까이 불러
너를 지켜보게 하리라.

내 허무한 열반을
자맥질하는 아가야.
네가 정녕 사람이냐
살아 있는 동불童佛이더냐
정화수
정갈한 물로
네 건강과 행복을 빈다.

노래와 소년

임종의 눈빛으로
하늘을 타는 노을
노래만 남겨놓고
다비로 떠난 너를
수십 년
해거름 때면
내가 부르는 너의 노래.

이 목숨 외진 길을
나도 앓는 너의 병상
맴을 도는 반딧불은
누구의 영혼일까
그 고운
목소리로도
못다 부르던 아베마리아.

세모歲暮에

그 한철 막고비를
뜨겁게 앓던 단풍
어느덧 찾아드는
귀가 젖은 흰 눈발
이해도
한 무리 찬 바람
겨드랑을 빠져가네.

가없이 떠나가는
세월의 머리채를
한 번쯤 휘어잡고
멈춰볼까 이 자리
빈 뜨락
빈 시렁 위엔
소복소복 쌓인 빛.

부활

비와 풀잎들의 합창은
숲속을 숨어들고
태양이 시들어도
눈 감지 않을 빛을 찾아
나신裸身은
시원始原의 골짝을
돌아가고 있었다.

탄광 炭鑛
− 강원도 도계에서

강원도 도계마을
탄가루 쓰고 앉은 집들
새색시 뽀얀 얼굴
꺼먹꺼먹 분칠한
석탄이
황금 노다지더냐
바람도 탄가루 먹고 오네.

채탄부는
가장의 가슴을
석탄으로 퍼내고
그 아내
선탄부는
진탄만을 가려내어
더불어
앉은 밥상머리엔
새끼들의 복사꽃 웃음.

동백 항구
—어린 날의 통영

1
명정동 충렬사에
새벽 참배하러 가면
어머님 머릿결처럼
윤이 나는 동백잎
동그란
동백꽃들이
잠을 깨고 반겨요.

갑옷 입고 큰 칼 짚은
충무공 우러러보고
금빛 햇살 눈부신
샘물 움켜 마시면
실 꿰어
목에 건 동백꽃
송이송이 샘에 떠요.

날마다 퍼내어도
줄지 않는 명정동 샘.
그 샘가 포구나무 아래

이끼 푸른 빨래터엔
얼룩진
눈물 자국을 씻는
개구쟁이들 웃음소리.

2
작은 섬 큰 섬을
한가로이 넘나들며
푸른 달빛 물어 오고
포구 열매 익혀주고
멀리 간
갈매기들 모여들면
조약돌은 물속에 숨죠.

밤새워 바다 지키는
등댓불 둘러싸고
샘에 뜬 동백잎 같은
꽃바다를 이루면서
통 통 통

찌그뚱찌그뚱
바다 위 고깃배들.

바닷물이 불어날 땐
길도 뜨고 바다도 덩실 뜬다.
한려수도 길을 터는
뚜뚜 뱃고동 소리
안개 속
꽃불을 달고
오빠가 오는 여객선.

합포만合浦灣아 다시 푸르라

‘마음은 늘 뱃고동 소리
달려드는 쪽빛 바다’*
무학산 곧은 정기精氣
뻗어 내린 젖줄 아래
그 환한
물속 조약돌들
맨살 비벼 놀던 시절.
3·15 그 피물결도
씻어 재운 푸른 바다
지금은 폐수에 저려
물고기도 눈멀겠다.
새 소식
날로 들리는
꽃단지 수출단지
노비산 문둥이고개
처렁하던 그 달빛사
어머니의 어머니 적
전설로나 남을 고향
대代 이을
시인의 고장

다시 푸를 합포만아.

별리別離 3

벽마다 걸린 얼굴
그릇마다 담긴 얼굴
고사리손 불며
엄마의 안녕을 빌며 떠난
긴 세월
지킨 대들보 아래
무릎 꿇은 여인아.

갔던 길 쫓겨 오고
왔던 길 돌아가는
도톰한 가슴 밀고
울지 않는 내 비둘기들
눈발도
가난을 타서
날개 얼어 떨어진다.

별리別離 4

− 딸에게

이 어미 떠난 후에
너의 곁엔 빈 내 자리.
구겨진 갈원으로
새우잠 자는 너들
저승문
앞에 두고도
헤어져서 사는구나.

너희들 가기 전에
내가 먼저 돌아설 제
맷돌보다 무거운 멍
오늘토록 갈아 와도
칼 꽂은
이 목숨이사
씻을 물도 없어라.

별리別離 5
– 도계역에서

더부살이 끝나는 날
뜬눈으로 날을 밝혀
서둘러 나온 역은
안개마저 길을 막고
기적은
가까이 울건만
먼저 떠나는 사람들.

빛이 아니라 눈물이더라
아롱아롱 새벽 가로등
눈과 비 내리잖아도
울음 솟는 목줄이더라.
밤새워
기웠니라 너의 하늘을
금이 간 우리 하늘을.

소년과 살구나무

출렁이던 살구나무
어려 도는 그해의 꽃빛.
가지에 앉았던 소년이
"아이 엠 어 보이 유 아 어 걸" 하네.
낭랑한
그 목소리로
드디어 "오픈 더 도어"

미끄러지듯 이파리엔
추억으로 꽂는 햇살
왁자글 떠들면서
돌아가던 그 소년들
그중에
나의 소년아
일찍 떠난 소년아.

어머니

갈맷빛 치맛자락으로
걸어오시는 낭자머리.
풍요한 몸맵시로
날 바라보시는
어머님
당신의 사랑은
다시 피는 노을입니다.

흰 허리 그 백발은
내가 몰랐던 세월 가고
동네 아이 우는 소리에도 소스라치던
손녀 사랑
이 땅에
하늘만 한 지붕
날 버리고 떠나셨네.

어머니 생전에 드릴
시 한수 못 맺고서
열무단 진 잎 뜯으니

들리는 당신 웃음소리
김장독
깊이 묻으며
저무도록 웁니다.

제3시집

몸살로 오던 가을

네 사랑은

물렀거라 물렀거라
누가 쓰고 오신 어사화랴

미풍에도 화답하는
목련꽃 개나리꽃

그 입술 촉촉이 적신 봄비
아서라, 바람아 꽃잎 진다.

자고 나면 술렁술렁
키를 넘는 신록 바다

이건 해일이다
창을 덮칠 밀물이다

네 사랑 내 눈을 감겨놓고
소쩍새랑 돌아왔네.

의사와 모르모트

의사는 흰 가운을 입고 매일처럼 유리상자 곁을 서성거린다.

한동안 공상에 잠겼던 쥐는 의사가 들고 있는 주사기를 보자 미리 경련을 일으키며 굳어갔다.

오늘은 흰 가운만 보고도 몸을 움츠렸다. 의사는 기어이 주삿바늘로 쥐의 국부를 찌르며 반응을 살피지만 죽은 듯이 뻗어 있던 모르모트,

캄캄한 벼랑으로 추락하며 유리벽을 기어오른다.

우주에서 표류하다 1

드디어 나는 나를
우주선 밖으로 밀어냈다

수십 년 쌓인 밀어를
기어이 전하고자

랑데부,
실패할지도 모른다
표류 기간이 너무 길다.

우주에서 표류하다 2

나의 우주선은 날 버려둔 채 돌아갔다.
하늘 공간에서 내가 겨우 포착한 건
옛날에 죽은 어느 소리꾼의
구성진 판소리 한 대목이다.

우주정거장에서 그와의 교신을 기다리는 동안
지구에선 누가 내 사망신고를 서두르고 있다.
빈말로 우정을 다짐하는 너
살의殺意를 보았거니.

우주에서 표류하다 3

이젠 돌아가지 않으리라
무서운 사람들이 사는 마을엔 돌아가지 않으리라.

음흉한 말법과 조작된 미소를 모르는 벽촌에 추락하여
진달래처럼 해바라기처럼 피어나리라.
어여쁜 풀꽃들이 외진 곳에서만 피는 사연을 알아보리라.

끝없다.
우주의 끝은 없는 것의 있음이더라.
허공에 별 하나씩 간간이 심어놓은
신비를 철새에게 물어보리라.

눈물
─ 국제공항에서

순박한 얼굴,
주름진 골을 타고 내리는
감추지 못한 그대 눈물은 문화재로
남아야 하네.

이별과 죽음을 신앙 삼아 살아온 전설 같은
진리를 묵살하고, 아직도 날 이승의
사람으로 전율케 하는 속일 수 없는
내 눈물도 보존되어야 하네.
"건강하게 오래 살아라"
"언니 울지 마"
아웅다웅 다투었던 우리네 지난 세월

이 땅이 서러워서 떠나며 우는 사람아,
눈물을 흘리며 가는 사람들아.

해빙

서서히 이제는 무너져 내리는가
거기 묻혔던 철근도 선명한 핏자국도
철그렁 긴 굉음으로
떨어지던가 어디로―.

대청봉 적설이 녹듯
북극의 빙하가 풀리듯

지극히 낮은 기도로
끌어내린 준엄한 햇살

너 눈물
다 마른 뒤에야
들릴 듯 개울물 소리.

아기의 오후 나들이

할머니랑 타고 갔던
전동차가 신기했던 아기는

장난감도 싫증 나고
선잠 오는 지루한 오후

날마다 할머닐 졸라
전동차를 타러 간다.

차가 머무는 역마다
열리는 아기의 새 세계

한 구역씩 닫혀가는
할머니의 지난 세상

"안아줘. 내가 내가 할 거야"
키가 닿지 않는 자동판매기.

친척을 배웅 갔던
고속터미널 의자에 앉아

오고 가는 차를 보며
차 이름을 물어쌓는 손자놈

어느 날 훌쩍 떠날 할미의
슬픈 풍경화를 그리고 있다.

신神의 이름은

신의 모습은 끝 모를 우주
신의 존재는 허공

없는 것이 끝내 없는
신의 이름은 무한대

사람은
유한한 역사를 남기며
무한 앞에 눈을 감는 것.

장난감 안경과 돋보기

장난감 안경을 쓰고 할머니 발톱을 잘라주겠다는 손자놈.

손자 발톱을 잘라줄 때 할머니가 왜 안경을 쓰는지 장난
감 안경과 돋보기가 어떻게 다른지도 모르면서 "내가 내가
안경 쓰고 할머니 거 잘라주께 알았지?!" 손톱깎이를 들고
할머니 발가락에 아무렇게나 들이대는 고놈의 주먹 탁구공
만 한 주먹.

육탄이 터지는 할미의 웃음소리 은하계를 난다.

아파트에서의 하루

모처럼 비가 왔나 본데 젖어 있는 시멘트 바닥 위로 빗줄기를 찾아본다. 나를 가둔 창살 틈새로 손바닥을 내밀어 본다.

가랑비는 안개처럼 내리는 거. 이슬비는 풀잎에 맺히는 거. 그리운 이의 들리지 않는 목소리처럼 내 손바닥을 차츰 적셔오는 비. 모두가 잠든 뒤에야 홀로 되는 자유를 감질나게 적셔준다. 지친 눈을 반짝 깨운다.

빗장을 풀고 아래로 아래로 내려와 하늘과 나, 땅과 나, 풀내음과 나, 비에 젖어보는 한 잔 술과 나. 가난했던 시절 판잣집 루핑지붕 위에 내리던 비의 심포니를 첫 빗방울 떨어지는 소리까지 역력히 들리던 서러웠던 그날을 마셔본다.

토도독 판잣집 지붕 위에 싸락눈 내리던 소리

제**4**시집

그리운 섬

그리운 섬 1

먼 남쪽 바다 아름다운 섬
일찍 가신 아버지가
근년에 죽은 동생의
손을 잡고 오시는 섬

거기엔 별도 뜨고, 달도 뜨고
반짝이는 물결 따라 육자배기가 흐르는 곳
환생한 아버지 넋이던가
동생의 화신인가

내 슬픈 사연 들은 물새
끼룩끼룩 날 부르는 곳.

그리운 섬 2

네가 거센 파도 되면
나는 금 간 바위려니

꿈돛대 밀리는 뱃길
지켜 섰을 등대이리

물새야
내 눈의 눈물 쪼아
바람으로 날려다오.

그리운 섬 3

파도가 철썩이는
머리맡에 사전을 놓고

모래펄 거닐면서
긴 소설 엮어낼 섬

자그만
오막살이 한 채
물새가 지었으리

봉창에 불빛 새나
살금살금 나는 물새야

가고파 달뜬 몸살
그 언덕에 억새꽃 핀다

배 띄워
용궁에 기별 놓고
만조에 기우는 섬.

그리운 섬 4

물새야, 내 여기 왔다. 남도에 깔린 섬이 모두 네가 물고
온 땅뙈기더냐

어쩌랴, 너 울음소리 듣고 나는 가야 하는걸
기약을 놓는 날갯짓, 나도 너의 섬이 되랴

한 땜에 어우러진 우리의 섬, 네가 울어 울어 내 가슴은
바다구나.

그리운 섬 5

사랑아, 내 눈은
신대로 떨려온다

그대 주술 따라
어지러이 흔들리는

섬 자락
너울에 젖은
위태로운 내 사랑.

그리운 섬 6

물새야, 너는 애끓는 서편제로 울어다오

유복자인 너를 안고 피 나게 목청 팔던

소리꾼 의붓아버지의 그 신명으로 울어라.

그리운 섬 7

전라도 경상도 가는 뱃길
끼루룩 넘나드는

내 유년의 갈매기야
너 고향은 어디라더냐

둘이고 셋인 내 고향
장승포엔 가보았더냐

내 태생은 마산이고
본관은 전주라는데

장승포에서 둥지 튼
여수 갈매기 혼백 만나러 간다

유배지 섬이었던 이 포구
그리운 추억 건지러 왔다.

그리운 섬 8

-소매물도

밤새 내 머리맡에 와
쉬엄쉬엄 보채는 파도
수천만 년 품어 안고
몸을 날려 부딪건만
섬 하나
허물지 못한
바다의 푸념인가

으슬으슬 감기 몸살도 물질로 푸는 칠순 해녀
두 손바닥 덮고도 남을 큰 굴만 따 오더니
하늘의 달무리 보고 이삼일 내 비 온단다

먼 뱃길 망망대해
섬 하나 만나보라
이지러진 삶을 꺾고
호젓이 물러앉은
돌로만
치솟은 저 비경
바다가 울고 있다.

꼬마 책상

버릴 작정으로 꽃 받침대나 하면서 아직은 곁에 두고팠
던 꼬마 책상

서랍도 하나 망가지고 허리 꾸부려야 글을 쓸 수 있는 아
이가 유치원 때 쓰던 책상
섬에 갔을 적, 민박집에 꼭 있었더라면 싫었던 것

망명길 떠나면서도 갖고 갔던 솔제니친의 작은 책상.

임진강 노을

어머니 옷소매 잡고
나 혼잔 못 갑네다 울던 꿈

지난밤엔 봇물 터져
여기 임진강에 섰습니다

겨레여
강 건너 하늘에 뿌린
붉디붉은 그리움 아시나요

어머님 눈시울을
빨갛게 물들인 저 노을

이글이글 타는 눈부심
차라리 눈 감으리다

북받쳐
철망에 가슴 찍고
내일도 절망을 전하리까.

눈 오는 날

눈이 내리는 날엔
우린 시를 쓰지 말자
서투른 표현으로
설경을 망치지 말고
이렇게
폭설이 쌓이거든
차라리 가슴을 쓸자

하늘이, 만물의 영장인
사람을 기죽이려고
땅 위의 온갖 것들
흰 눈발로 재구성한다
이대로
자꾸 뿌리면
우리도 수억 년 굳어 묻힐라.

양수리에 와서

넘실대는 물결이 좋아
하늘길 같은 강폭이 좋아
눈에다 가슴에다
퍼 담고 살고파서
북한강 움막에 누워
기차 소리에 귀가 먹네

하얀 모래섬에 서서
흰 수염 나부끼며
날 기다렸다던
꿈에 본 그 신선은 누구일까
황폐한 내 시심을 적셔
범람하는 두물머리.

자유

나는 떠날 것이다
언젠가 언젠가는

아직도 쓸 만한 냄비와 찻잔, 방한용 낡은 옷가지랑 챙겨
둔 가방을 달랑 매고 떠날 날만 기다린다
도시의 쓰레기통만 뒤적거려도 넉넉한 살림살이 안성맞
춤으로 임자 없는 폐가 하나 있었으면
죽음이 나를 요지부동으로 해방시켜주기 전에 내가 왜
살아 있는가를 확인하려 끝없는 이 사랑의 굴레를 빠져나
가리라

거기서 빼앗긴 내 시간들을 재생시켜보리라.

억새 3

넌 요령 없는 벙어리
너는 새침 뜨는 벙어리

수화도 익히지 못한
애달픈 풀잎이여

칼잎에 제 몸 베이며
흘린 피, 눈물일까

바람벌에 무릎 꿇고
삼천 배 하는 억새

술 끊고 담배 끊고
부처님 모실거나

먹구름 흩어질 때쯤
단비 맞고 일어서리.

캄푸치아의 두 얼굴

세계 칠 대 불가사의
앙코르를 세운 민족이

폴 포트 공산 정권은
킬링필드를 남겼다

악마와
신적 능력이 동일한
인간의 불가사의를 본다

이만 명 원혼의 옷자락
뒹구는 킬링필드에

무심한 세월은
푸르러이 나무를 키웠구나

탐스런
압살라의 유방도
도륙을 당했으리.

제5시집

멀미

봄

관악산 치마폭이

발름발름 부푼다

분홍빛 연둣빛을

야들야들 섞어 짜는

환장할

저 직녀의 베일 속

천상의 동자 태어난다

가을 산

어느 개구쟁이들이
숨어서 저 산 불 지르나

자연을 채굴하는 화가
붓 끝에 피 흘린다

시인이
말을 더듬네
빨 — 노 — 초 빨노초 꽃구름

가을을 뿌리고 떠나는
지쳐버린 햇살 자락

이리 황홀한
단풍 속에 날 던져놓고

목련꽃
봉오리 터지면
청산을 거느리고 오시리

동트는 아침

밤새 그와 나의 거리를
가늠하던 가슴앓이는

일식 월식에 갇힌
암흑천지 순명이라

새들이 물고 오는 저 여명
코로나, 그대는 코로나

멀미 1

가만히 내 머리통을
흔들리지 않게 해줘
서투른 항해인가
방향감각 희미하구나
붕 뜬다
울렁울렁 가슴
바닷속에 내리박힌다

내 옆구리 빠져나간 아직도 푸른 바람아
돌아보면 어지러운 건 심약한 체질 탓이야
어금니 잘근 깨물고 아랫배에 힘주라니까

흔들려! 생각을 내려놔
내 푼수에 내가 놀아난다
고요한 바다는
열반에 든 부처님 가사 자락
접어둔
혼돈의 뿌리
세월 뒤집고 출렁이네

멀미 2

새벽,
이 외로운 섬에서 비로소 탈출을 시도한다
파도 소릴 베고 잠들던
섬은 저만치 따라오고
목선은 벌써 멀미를 싣고
높은 파도를 점검한다

저 육지엔 믿을 사람 없다는 건 너무 허무해
파선한 널빤지에 배를 깔고 휘젓는 손
그 땅엔
누가 살고 있는지
가봐야 돼 가봐야 해

멀미 3

그냥 돌아가자꾸나
나의 그리운 섬으로

수십 년 만에 돌아온 도시의 언어들은 알 수 없어

개 짖는
아니 살벌한 맹수들 울부짖음에 쫓겼다

오늘 해상의 파도는
적벽가를 부르는구나

나도 이젠 일등항해사
센 바람 가르며 멀미를 날린다

순박한
나의 섬들이 아랫도릴 적시며 반기네.

꿈꾸는 꿈 2

다 버릴 순 없는가
여태껏 이룰 수 없던 일

꿈꾸는 내 몸살을
죽일 수는 없을까

한시적 탈출이 아닌
풀꽃처럼 머물기를

도망치기엔 꽤 튼튼한
이 감옥의 설계도

나를 가둔 생의 조건을
파기할 능력이 없다

아무리 꿰맞춰 봐도
아닌 것은 아니올시다

팔레트를 열고

가슴이 찢어지는 날은
물감을 사러 나가자

무슨 색깔을 칠하면 씻은 듯 안 아플까

모자란
물감을 채워
범벅지게 발라보자

보기 싫은 몇 사람은
접어두고 살아가자

아름다운 자연도 모두는 화폭에 못 옮기듯

아리송
계곡이 깊으면
하늘 찌르는 산봉우리

표류기

하늘 끝 별들의 행간
나 어디쯤 와 있을까

조립을 끝내지 못한
목선은 아직 조선소에 있다

저 멀리
국적 불명의 배
어느 항구에 닿을까

나 저 바다 어디쯤에
떠다니며 살거나

세계로 뻗은 바다
하늘에 닿은 지구촌

견뎌온
불치의 악연이
망각을 설법한다

해변 23
— 멕시코 쌍껜띤에서

사막의 끝자락에서
이름 모를 별을 만났네

수억만 광년 밖에서
불꽃놀이 하는 별똥별

지구엔 닿을 수 없는
찬란한 꼬리별이어라

돌산 돌밭 사이 드문드문 가시풀들

뜨거운 햇볕 아래 시들고 절로 돋아나고

밤이면 바다에 빠져 뒤엉기는 별을 보네

태평양 파도에 밀려
해변에서 잠든 물개

꼬리별이 다가오는
황홀한 꿈을 꾼다

궤도를 이탈한 별은
어디에서 사라질까

물레야 물레야

내 밤낮을 갉아먹는
집쥐와의 끝없는 전쟁

소중한 삶 한 타래
물레에 감아두고

한 십 년
그냥 잠들고 싶다
님이 나를 깨울 때까지

감긴 세월 다시 풀어
얼룩 없는 비단을 짤까

그날 천둥 울던 가슴
별밭에 뿌려볼까

독주에
절은 몸뚱이
독수리 떼 울음소리

떨이로 우는 산새

개나리 진달래꽃
눈도 못 뜬 이른 봄

목숨이 무거워서
여울에 풀어놓고

떨이요
목숨도 몽땅 떨이요
외쳐대는 텃새 한 마리

우산

비 내리는 하늘 밑에

색색 동그라미 간다

우산 위 튀는 물보라

땅엔 솟구치는 옹달샘

뜬 지붕

작은 텐트 속

둘 넷 발만 움직인다

소리의 날개

아파트 구 층인데도 빗소리가 들리네요

지붕은 십구 층까지 겹겹이 쌓였는데

빗소린 어디서 들리나요 빵빵 차 소리도 들리네요

햇볕이 일으키는 풀잎

내 좁은 방구석에서
조금씩 고개 드는 풀잎
지난겨울 이사할 때
나와 함께 떨었거니

가진 것
아무것도 없어도
해님이 우릴 일으킨다

겨우내 추운 이 방
바깥세상은 회오리
너는 내 눈물 먹고
나는 너 입김 쐬며 살자

때로는
창문 빼꼼히 열고
별이 총총한 하늘 보라

밤비 소리

나뭇잎을 두드리며
아스팔트를 내리치며

가슴 메마른 자의 울고파도 못 우는 자의

장엄한 부활의 심포니
안단테 알레그로

하늘 소리 땅 울림
이 청량한 음률의 조화

그 속을 빨려드는
귀 뚫렸음의 행복이여

드디어 침벌 광란의 행진
나를 떠밀고 가는 홍수

청탁받은 어려운 시

할머니 시집 속에 내 이름은 왜 없어요
접때 시집에는 형아 이름 있었는데
그놈 참 속이 멀쩡하구나 둘째는 서러운가

다음엔 너 이름 쓴 시 꼭 써줄게 약속하마
그 대신 일찍 일어나고 밥 많이 먹어야 한다
네 하고 얌전히 대답하는 생각이 넓은 서준영

지 애미 어릴 때처럼 만화책에 폭 빠진 녀석
행여 처질세라 야단치며 달래지만
내 너를 안고 찍은 사진 보며 잘 자라라 입 맞춘다

아직은 흔들려서

골 깊은 개울 물소리
어디쯤서 멈출 건가

알래스카 얼음나라
멀고도 춥다지만

그보다 더 멀고 추운 인연
한 치만은 못 다가설 사람

지척에 그대 있어
돌부처도 몸살한다

계율에 몸을 묶고
입 다물면 나도 부처

별리도 인연의 권속이라
법화경 읽는 저 물소리

그리운 섬 12

－백령도

백령도 가는 뱃길에서
서해 연안 바라보니

멀리까지 따라오던 섬
이별의 손 떨군다

알겠다
황량턴 그 갯벌
사랑을 캐는 삶터인 걸

갈매기 두어 마리 '구욱구욱' 배 위를 맴돌고

섬들도 지쳤는가 수평선 너머에 쓰러졌다

거대한 소청도 대청도가 미리 나와 마중하네

이만하면 내 이제
서해를 사랑하리

내 고향 푸른 물결

닮은 데가 없더니만

섬으로
어우러진 바다
동해보단 정답구나

그리운 섬 13
─덕적도

섬이 있어 나를 불러
내가 또 바다에 뜬다
여덟 시간 걸리던 뱃길
오십 분에 당도하니
큰 섬은
산도 깊어라
흑장밋빛 접시꽃 피었네

허술한 선착장과
나지막한 지붕 몇 채
개 짖는 소리마저
평화로운 마을인데
한사코
사람들은 왜
뭍으로만 빠지는가

따가운 햇살도 밀어내는 바닷바람
때로는 바위 기슭
황홀하게 꽃피는 파도
오늘은

만선의 깃발이다
벗을 불러 잔치하자

내가 산을 알까마는

－관악산 연주대

오를 땐 허겁지겁 숨결만 고르다가

연주대 가파른 바위 계곡 슬쩍 내려다보니

정상에 오르는 산 사람들 첩첩 산봉 건너뛰겠네

바다에서 자란 나를 산이 안고 이르기를

나무며 바위들은 눈 맞추며 말한다고

흐르는 계곡물에 귀를 씻고 세월 밖을 살라 하네

귀로 2

집으로 가는 길은
대낮에도 어둡다

벗이 좋아 한잔 술에
세포 터지던 웃음소리

대문 앞
남은 한 발짝
눈발로 쏟아진다

어깨에 수북이 쌓인 눈
툭툭 털고 들어서자

문고리 당기면
열리는 아수라계

서서히
돌로 굳으며
화석 하나 남기리라

과천을 떠난 바람

4호선 앞에 서면
과천 가는 바람이 분다

집 없는 떠돌이
과천 주막에 들러

모처럼 옷고름 풀던
관악산 같은 벗님네야

그 산자락에 물철쭉
꽃봉오리 맺었겠다

자투리땅에 심은 과꽃
잡풀인 양 잘리겠다

어쩌다 바람으로 갔다가
바람으로 떠나왔나

제6시집

산바람 소리

바람이 온다

서리 내린 들판 너머
하늘 자락은 바람구멍

오체투지 눈물의 회향[미向] 아직도 미망의 여로

비켜 온
바람의 잔해
내 관을 매고 돈다

햇볕과 장독대

여인의 방뎅이처럼
풍만한 저 곡선 보렴

검붉게 익은 황톳빛 단아하게 앉은 모습

어머님
행주질로 반짝이던
항아리 나도 사들인다

내 딸은 이 항아릴
어디다 쓸까 버릴까

어머님 사다 주신 그 항아리 내가 버렸듯

햇볕 들
땅이 있어야 온전할
위태로운 옹기그릇

울음도 늙나 보다

젊은 날과 지금이 달라진 게 없는 팔자

부끄럽고 참담했던
그 질펀한 통곡이여

내 눈물
퍼 올리는 두레박
다 낡았는가 새는구나

꿈이 꿈이라지만

산수유 졸고 있는 봄날
자네 왜 또 날 찾는가

도깨비 형상 잡고
씨름한 시늉 부질없네

얼마큼
뼈를 삭여야
이승 일 꿈 밖이라 하리

모래알 만지작거리듯
꿈을 쥐었다 흘린 손

그 손 다 털지 못해
강물에 씻어 말리니

산수유
앙증스런 속눈썹
씨앗 품고 불 당긴다

장맛비

누가 밤낮을 사무치게
통곡하는가 저 빗소리

때론 귓속말로 오더니
하소연도 줄기차서

어디쯤
물난리 났겠다
이 몸이 홍수로다

황혼의 일손

죽음과 삶을 반죽하여
담방담방 수제비 뜨다

백 도 넘는 속앓이 식었다 끓었다 굽이쳐

동동 뜬
꿈 한 조각 입에 물고
잘 익었나 씹어본다

8할이 꿈이로다

이제 연극은 끝나고
무대 뒤로 퇴장하지만

배우는 대사가 아닌
자기의 할 말 있다

어차피
배경에 깔릴
흩어질 바람 소리

종유동굴

무량 세월 살을 갉아 흘러내린 돌고드름

이 깊은 지층에서 현신한 장엄한 궁궐이여

숨죽인
언어의 석회질
저기 실핏줄이 번진다

소록도행

지천으로 피어 있는
목백일홍 발길 잡네

문둥이 울음 떨군
그 핏물 망울졌나

예쁜 섬
파도를 거느리고
발가락도 묻어놓고

우수雨水 무렵

동행도 없이 목적 없이
어디론가 가보는 것은

봄이 오기 전에 꽃망울 부푸는 게야

가다 만
낮달처럼 황량한
나를 놓지 못하는 비애

무지와 어리석음으로
잃어버린 세월이 절반

가로채인 노임도 돌려받지 못한 촌극인데

갈피 속
상흔을 씻어내는
개울 물소리 봄을 덮칠라

겨울 산행

황홀했던 그 단풍 지난 비에 떨어지고
마침내 길을 덮은 낙엽 소나무만 푸르구나
산 아래 시끌벅적하던 주막 문 닫고 자물통 걸었다

어쩌면 이 적요 속에서 나는 성숙했을지 모른다
나무가 옷을 벗듯 인연도 털어버리면
썰렁한 산마루를 울고 넘는 청아한 까치 소리

산바람 소리

마른 잎들이 살 스치는
카랑한 산울림 흐른다

어느 악기로 뽑아내랴 저 바람의 연주를

남인 양
밉지도 곱지도 않은
세월 속의 사람아

접시의 추억

내 몸속에 배어 있는
붓 끝이 떨군 먹물

자고 나면 천장에 만발했던 꽃송이 종이꽃

접시엔
꽃물 들인 흔적
노랑 빨강 초록 물감들

유년의 짧은 기억
영혼 속에 묻어와서

어느 날 눈에 꽂혀 내 손목을 흔들었다

그분의
탁배기 마신 수염은
남도창을 토하더라

숨어서 핀 진달래꽃

도봉동 야산 자락에
진달래꽃이 피었습니다

산새들만 넘나드는
촘촘한 철망 너머

발그레
사람을 반기며
쓸쓸히 피었습니다

이효석의 메밀꽃

봉평 메밀꽃 보며
메밀주 한잔 마신다

그가 드나들던 주막 왼손잡이 사생아는

소설 속
어디쯤 살았을까
장터나 둘러보자

볼품없는 이 메밀꽃밭
전국의 사람 불러 모아

이효석을 그리며 봉평 사람들 먹여 살리는데

나 죽고
어느 세월 가면
날 찾는 이 있을까

비 온 뒤 무수골에서

엉긴 인연 끌어안고
흘러가는 냇물아

이 골 저 골 슬픈 전설
서로 쏟아놓고 울어라

세상이 덧씌운 멍에
다 쓸어 모아 흘러라

몰입 또 몰입

하루를 지고 온 무게를
부려놓기 힘든 밤아

못 끝낸 그림 보며 낮과 밤이 뒤바뀌네

드디어
언어를 몰아낸
무언 속의 나를 그린다

불확실한 탈출과
불확실한 도전으로

환멸의 늪에 빠진 내 인생의 종말에서

지쳐도
후회 없는 삶
무진한 자연을 담는다

가을 산을 오르며

도봉산 산자락은
초대형 캔버스다

빨강 노랑 초록 물감
대책 없이 쏟아놓고

추상화 그리시려나
지우고 덧칠하는 저 솜씨

초목들이 뿜어내는
신비로운 색채들

비와 햇살의 속삭임에
은밀히 잉태한 흙의 속살

자연의 무량 공양을
사람이 무엇을 안다 하리

단풍

봄부터 부지런히
산을 오르던 그대

정상은 늘 저만치 있고
산허리 돌아 감돌아

만산에
뿌린 핏빛 노을
낙엽마저 붉구나

한세상 마지막으로
눈물 몇 줄기 흘려보련만

어두운 하산길은
목마르고 한기 든다

단풍이
저토록 아름다운 건
지는 목숨 애절함이라

아, 가을

가을, 지상의 빛깔은 황갈색 계절이더니

술 익듯 뽀글대는 산야
절정의 사랑이네

떠난 이
돌아오는 길목을
억새꽃 나부낀다

마음이 머무는 자리

흔들려 흔들리다
그냥 머무는 자리

내 마음 변덕쟁이임을 여태껏 몰랐어라

가다가
눈길 머문 곳에
출렁이는 잎새 하나

이별의 미학

거기 그대로 산처럼
머물러도 좋을 인연

나는 또 떠나고 싶다
홀가분한 허탈을 안고

만남은
황홀한 안개
정이란 슬픈 행복인 걸

도시의 빈집

잘린 몸뚱이 비집고 촉수 내민 오동나무

보라색 고깔모자 불쑥불쑥 치솟더니

그리도 크고 튼실한 잎 무성히도 펼쳤구나

그 아래 빈터 있어 접시꽃도 키워놓고

소담한 색색 꽃들 빌딩이 무색하다

지나는 길손 불러 세워 옛 시절을 소곤대네

눈이 내리네 1

하늘엔 목화송이 날고
땅 위는 동화나라

눈이 만든 집과 나무들
하얗게 솟아올랐다

검둥이
얼룩 강아지 됐네
천방지축 파수꾼

오늘은 메밀 꽃송이
창문 가득 뿌린다

눈 보며 잠든 잠 속에
송이송이 눈꽃 피고

저 하늘
어디쯤 가면
눈사람들 만날까

눈이 내리네 2

함박눈 펑펑 쏟아지니
내 가슴에 눈꽃 쌓인다

옆 산 발치께 고목들
팔 벌려 무명필 받아 들고

못 여며
엉성하게 걸친 채
어우러진 천수관음들

땅 위에 내리는 비

비는 땅을 밟고 풀을 밟고

강으로 바다로 가야 한다

흙탕질도 하면서

동그라미 그리면서

우리 집

양철지붕 위

피아노도 두들겨야지

가는 봄 오는 봄

간밤 천둥 번개 치더니
까무러친 진달래꽃

아예 몸을 던진 목련꽃 덧없는 목숨을 앓고

신록은 기지개 켜고
산벚꽃 점점이 붉다

초겨울의 우수

따스한 창가에 앉아 햇살을 줍고 있노라니
낙엽 되어 떨어지는 못다 물든 단풍들이
텅 비어 온전치 못한 내 가슴 치며 쌓이누나

조금은 억울하여 울어보면 평온할까
체념에 길들여져 통곡은 기별 없고
쌓인 건 내 나이 더미 바람 불어 흩날린다

작별

– 캘리포니아 헬스케어health care에서

저녁노을 아름다움은 지는 목숨 붉은 절규로다
단식으론 쉬 끊기잖는 질긴 목숨에 부대끼며
더 이상 투석은 않겠다고 미소 짓는 오라버니

병실 일 인용 침대 밑에 가지런히 벗어둔 신발
걸어갈 수 없기에 돌아갈 일 없기에
가족도 찾아가지 않을 아직은 버리지 않은 신발

모두가 노인 환자 생기 잃은 삶의 종말
산송장을 쓰다듬으며 소리 없이 우는 누이
빈 저울 눈금이 흔들리는 애잔한 사랑의 무게

– 추모 –
뜻하신 대로 장렬하게 내 귀국 후에 가셨구려
그땐 꿈속에 나타나 먼 길 같이 가자 하시더니
한 달간 동생 얼굴 보고 그 맑은 눈을 감으셨나요

155

방 안에 내리는 비

올여름은 내 방에 얼마큼 비가 새려나
받쳐둔 들통에 떨어지는 빗소리가
작년엔
들을 만하더니 내 잠자린 젖지 않더니

올해는 큰 대야 하나 더 들통 곁에 놓았다
한 줄기가 세네 줄기로 방바닥에도 "퍽" "톡"
세상사
돌아가는 변태처럼 음계가 불안하다

추녀 끝 낙수라면 손바닥 펴보련만
등골에 떨어지는 써늘한 가난이여
전셋값
싼 맛에 산다 재개발에 헐릴 집

30년을 기다리신 어머니
-국녕사 기도장에서

내 여태껏 무엇을
알고나 살았다 하리

가신 지 삼십여 년 기척조차 않던 혼백

내 불효
눈물로 적셔주며
할 말 많았다 하시네

눈감았으면 끝났다고
출상에도 안 간 여식을

그 긴 세월 불침 놓아 이제야 깨우쳐주시는

임종 때
간직하신 말씀
줄줄이 듣나이다

님은 정작 바람이었다

죄다 털고 털리고 외그루 나목인 양 섰느니

옛 스님 말씀이듯
세상사 바람이라

뜬구름
온갖 형상들
우리네 삶을 그린 추상화

이 무명 벗겨지는 날 나 또한 저 노을로 탈까

그 흔한 님 하나
챙겨 갖지 못한 서릿바람

더불어
소생할 초목들아
아름다운 꽃 피우거라

겨울 여행

배낭 하나 달랑 메고
모처럼 집 떠나니

터미널 흡연소에서 담배를 빨고 있는 촌부村婦들

구릿빛
고운 주름살에
들녘바람 일어선다

달리는 차 창밖에
눈발이 흩날린다

무덤까지 접고 갈 끝내 다문 그대 침묵

허탈한 내 여정 천 리
눈꽃을 뿌립니까

해변 24
-쿠바 아바나

하바네라 정열의 탱고
그 향락을 잠재운 카스트로

폐허가 된 아바나 항구
보존된 헤밍웨이 저택

그날 밤
백 세의 돈 그레오*는
한국 문인들 돈벼락에 숨겼다

* 헤밍웨이의 하수인.

해변 25

−정동진 해돋이

새벽바람에 웅크리고 어둠 속을 매복했다

우주와 사람의 관계를
숨죽여 보았나니

지구는
테러로 폭삭해도 태양은 붉게 솟았다

추억을 줍는 말죽거리

내 우연히 양재동에
더부살이로 따라와

십수 년 전 손자와 나들이 왔던 추억을 찾는다

육교 밑
'왔다! 오늘뿐이오!'
외치던 노점상은 없구나

손자가 내 품에 안겨
율무차를 뽑던 곳은 어딜까

옛 모습 잃어버린 빌딩에 갇힌 말죽거리

넌 자라
훌쩍 떠나고
마지막 머물 곳 찾는 할미

할미의 옛 시집 속
아기의 오후 나들이는

네 성장을 그린 보배로운 삶의 족적

집에 와
고사리손 마주치며
'왔다!'를 흉내 내던 손자 생각

또 이사 가란다

범벅지게
넌덜 나게
치붙어 살지 말고

가는 길
굽이굽이
꽃 뿌리듯 못 갈거나

정들라
홀쩍 인연 끊고
바람처럼 떠나도 좋은

이승이 좋다 한들
저승 앞 문턱인걸

산천도 물려주고
가는 게 인생일 뿐

내 소품
아깝다 말고
몸만 챙겨 가는 거다

집안輯安에 와서

흑룡강성 길림성 돌아
발해 땅 고구려 땅 밟아

넓고 넓은 우리 옛 땅
비옥하고 아름다운 산하

땅 뺏기
싸움으로 이기랴
돈으로 사랴, 배 아파라

제7시집

혼돈

나는 목마르다

소리도 지르지 못하는
뭉크의 '절규'*를 본다

분노는 수치로 남아
쌓고 쌓는 침묵의 소양

비운다
내려놓는다
손바닥이 시리다

* 노르웨이의 화가 뭉크(1863–1944)가 그린 '절규'라는 제목의 그림.

풀꽃

절로 자란 풀 더미에
눈길 닿는 쓸쓸한 꽃

자연의 은총으로
얼굴 내민 야생의 신비

예쁘다
이름이 잡초더냐
몹쓸 인간이야 너만 하리

가지치기

척 보고 잘라내는
익숙한 저 손놀림

자를 건 잘라야만
더 예쁘게 자란단다

내 생각
무엇을 버려야
반듯하게 살았다 하리

잘 익은 열매 따 먹듯
골라 골라 챙겨라

소중한 인연이나
꼭 마무리해야 할 일들

선정한
예정표 속엔
접어야 할 바람도 있다

국지성 폭우

소나기에 울음 묻고
홀로 간다 벌판으로

여긴 분명 아파트촌
시계視界가 흐려 벌판이다

농 터진
가슴 발기어
씻어라 비 내리신다

는개 내리는데

잠 설친 자정 넘어
촉촉이 젖은 보도

머리 위 내리는 비
신의 안수 가피로다

지구는
태양의 권속
하늘 따라 무상하니

추억 속의 그 소리

일찍 가신 나의 대부는 천생 소리꾼이었다
그분 무릎 위에 안겨 들던 판소리며 육자배기
탁배기* 젖은 가슴으로 애간장 끌어내는 그 목청

내 몸속에서 솟구치는 땅과 하늘 잇는 소리
여수 어느 외딴섬 그분 할머니 뵈러 가던 길
여객선 배 밑창에 앉아 "택끼**란 놈이" 하고 슬슬 뽑던

쑥대머리 춘향가는 애잔하게 넘어가고
심청이 젖 먹이듯 안주 집어 내 입에 넣어주며
흥부네 박타령 흥겨울 때 소리판은 저물더이다

목구멍 넘어올 듯 소리 터질 듯 '꿈아 꿈아'
꿈을 깨고 놓친 님이 원통해서 목이 쉰 명창
남도 땅 어디선가 흘러나올 그 소리를 만나고 싶다

* 막걸리.
** '토끼'의 전라도 방언.

174

꽃이 지네

벗꽃이 눈발이듯
바람에 흩날립니다

겨우내 앓던 봄을
눈부시게 뿌려놓고

서둘러
떠나시다니
봄은 아직 한창인데

단풍이 떠나면서

바람이 대문을 두들겨
살펴본즉 몰려온 낙엽

'이제 떠납니다'
고개 숙인 자태가 곱구나

내년엔
더 찬연히 타거라
편지함에 꽂아둔다

천둥 치는 밤에

하늘은 여러 번
사람에게 교신을 보냈다

사계절의 변화
천재지변의 참상

우주가
사람을 지배한다고
지금도 소리친다

일어서는 들풀

황량한 들녘 끝을
멀리서 보내는 미소

높이 뽑던 장끼 울음
단비로 젖더니라

살며시 다가온 풀 내음
그 포옹 옛날 같아라

커튼을 걷고

모처럼 바라보는 창밖
꽃들이 통기는 부신 햇살

노래하는 살구꽃인가 늙지 못한 내 소년아

천연색 온갖 생명들
어우러져 곱구나

가슴 겨눈 독화살
얇은 천 한 장으로 가리고

사는 일 잊으려고 숨죽인 세월 제치니

어느 새 날아온 제비
처마 끝 맴돈다

봄비

빗물 머금고 톡 터진
튼실한 꽃망울은

몇 년 만에 본 손자 얼굴
나의 화엄불이었네

온 세상
봄을 거느리고
오시는 젖은 발자국

내가 얻은 자유

다 잃은 후에야 절로 찾은 나의 자존

탈고 못 한 내 소설처럼
무시로 덮치는 상실감

걷다가
방향도 잃는 이정표 없는 거리

미리내 통신

무딘 내 정수리에
자그만 등을 단다

세월 접는 사이
기억 속 별똥별이

위험한
불씨를 들고
싸늘한 심지 달구누나

박물관 유리상자 속에
귀하게 모셔진 운석

우리가 이 땅에 온
비밀한 생성의 족보

젊은 날
하늘 덮은 불꽃놀이
노을 진 강물에 피어난다

쓸쓸함이 물고 온 것

인형을 만들듯이 인물화를 그리듯이
부담 없고 살가운 인연 한번 지어볼까
미워할 동행도 없는 이 공간이 무거운 날

무지개다리 놓아 수렁에서 건져내리
석불에 점안하고 묵시를 기다리자
우주의 기를 받으며 낮게 낮게 절하리라

곰배령 가는 길
-동계 사생지에서

가도 가도 깊은 골짝
하이얀 눈밭이었다

노루들만 놀다 갈
빽빽한 나목 사이

동화 속
그림 같은 집
그 배 속이 궁금한 장독대

겨우내 녹지 않을
두꺼운 눈을 이고

도시에서 찌든 화가
손끝을 유혹하는 고드름

눈밭에
꽂힌 햇살이
천장에 매달린 메주를 쏜다

양념장 한 숟갈

열 받아 그녀 볶아대던
맞은편 연하 남친

새초롬 눈 내리깔고 갈비탕 식히는 그녀 코앞에

눈웃음
다대기 한 스푼
건네주는 그 남자

혼돈
— 영축산 극락전에서

님은 내게 혼란한 미소
그윽이 절로 머금고
바란 듯 난 다소곳 입꼬리 올라갔다
이 어인
가피 내리심인가
사십 년 묵은 인연

먼 길 함께 갈 수 없었기
살며시 놓은 님의 손
허전한 이 팔목 화인 찍힌 연비식
오솔길
돌아서 오신 이
내 안에 있던 당신이네

아득히 혼돈의 산실
'빅뱅' 그 굉음은 숨고
미립자 전자파끼리 엉킨 세포군단 속
내 근심
단방에 날린
마음자리 짚어본다

귀환 歸還

이제는 돌아가리라
갯내음 물씬 나는 고향
캄캄한 밤바다에
숨겨둔 슬픈 이름
그 이름
부표로 뜨는
고향이 있었거니

타향살이 수십 년에
멀어진 섬과 바다를
배낭 메고 싸다닌
해어진 내 운동화
그 퍼런
물살을 안고
출렁이는 나의 부표

해변 26
– 서천 선도리에서

내가 잠든 사이
바다는 밤새 울었나 보다

뭍과 물로 만났던
우리 살가운 벗은

어느새
뒷모습 보이며
떠나는 걸 잡질 못하네

다시 오리란 기약 있어
뻘밭을 얕게 도는 물새

바닷물이 몰고 온
퍼덕이는 만찬의 달빛

그리워
내가 돌고 돌아
널 기다리는 해변에 섰다

장마

어제 막 붓을 뗀
묵화를 깔고 내리는 밤비

늙음을 확인하는 목숨의 순리를 뒤척일 적

서둘러
낙화한 봉선화
맨드라미 키를 높였네

이산離散 그리고 상봉相逢

헤어질 때 서운하여
아니 볼까 하는 생각

허락된 공간에서 잠시 보고 따로 가는

정해진
각본 뒤적이며
이별의 말 골라본다

산골 마을 억새처럼
바람에 뺨 비비며

흰머리 드러낸 채 주름지게 웃어보자

잡은 손
모질게 풀며
떠나온 기억 생생하다

우린 눈물 젖지 말자
가슴 칠 일도 말자

너 나 아닌 사람과 정 주며 몸 감고 사는 현장

다짐도
맺힘도 날려버린
만남이 있는 여울목

동아줄

천지신명이시여 –
이제야 귀 열리는 내 속울음

맑은 물에 손을 씻고
물레질을 익히리다

퇴색한
비원悲願의 실타래
무지개로 뜰 때까지

둥지

높은 가지에 집을 짓는
텃새들은 안전한가
맑은 하늘 눈과 비 바람이 맨 먼저 닿는 곳
관리비
월세 없는 옥탑방
춥고 뜨거운 철 말곤 살 만하다

비와 햇빛 가리개로
붙여둔 비뚤어진 판자 쪽
그 틈새로 이웃집 맨드라미꽃 보인다
조금만
더 뚫으면 더 보일
아, 햇빛도 비도 막아야 하네

망중한忙中閒

말 없이도 느낌 닿는
자연은 눈과 귀의 쉼터
감탄은 극히 원시적인
괴성과 몸짓만 허용함
그림은
만국의 문자
선과 색채의 꿈밭이다

지상에 넘쳐나는
인간의 피조물들
계급 학벌 나이도
차별 않는 예지자叡智者
방사된
언어를 수습하는
자연의 숨결을 그린다

| 자유시를 사설시조처럼 |

4년 만에 또 한 권의 시집을 묶어 낸다. 이 세 번째 시집은, 내게 있어선 마지막 시집이 될지도 모른다는 예감에 시달리며 늑장을 부려왔던 세월 속에 쓰인 작품들이다. 까닭인즉, 시조라는 가문에 멋모르고 뛰어들었다가 그 된 시집살이에 처음엔 애간장이 찢어지다가 슬슬 넋두리가 불어나기 시작했기 때문이다.

시의 넋두리. 그건 분명히 평시조에는 풀어 넣을 수 없는 잡소리다. 그 잡소리가 때로는 내 간장을 녹여주고 주물러주고 탁 치기도 하던 재미로, 잡짓거린 줄 알면서도 친해져 버렸다. 그러면서 '요런 것도 시조라냐? 사설시조쯤 되는 건가' 이러한 나의 반문 또한 끊이지 않았다.

사설시조를 시조의 장르 속에 끼워 넣고 사설의 문헌적 고찰과 필연성 내지 적절성에 관한 세미나도 수차례 있었고 사설을 시조의 한 분신으로 당당하게 써오고 있는 시조시인도 더러 있다. 허나 내 시의 호흡이 사설처럼 길어지면서 내가 고민한 것은 "사설은 시조로 인정할 수 없다"라고 말하는 몇몇 시조인들의 강경한 주장 때문만은 아니다.

내가 사설을 쓰다 보면 과연 3장과 종장 앞머리 석 자만으로 자유시와 구분된 사설시조라고 주장할 수 있겠는가 하는 의문이 든다. 그러한 의문을 시조인과 사석에서 털어놓다 보면 엄연히 그 속엔 사설시조다운 율격이 있어야 하고 또 길든 짧든 3장으로 구분 지어진 장과 장 사이엔 1행 띄어 쓰기가 있으면 된다고 말한다. 1행 띄어 쓰기는 배제하더라도 적어도 행 바꾸기만 구분 지어져 있어도 된다고 한다.

그렇게 써놓고 보자. 우리 시가詩歌는 대개가 4음보율이나 3, 4음절로 쓰였다는 건 모두가 아는 사실이다. 그리고 (행 구분에 있어) 아무리 마구 붙여놓고 마구 떼어놓은 자유시도 그 의미의 전달 내용은 서론과 본론과 결론으로 정리되기 마련 아니던가. 그쯤 되고 보니 자유시와 구분되는 사설시조라는 게 종장의 첫머리 석 자만을 지존의 권위인 양, 필생의 보존책으로 들먹이게 된다.

이제 평시조건 사설시조건 종장 첫머리에 석 자를 놓는 일에 신경을 써서 석 자로 구성된 독립된 단어를 찾아내기도 별로 어렵지 않다. 그래서 3장 속에 굽이치는 율격과 장단이 어우러지면서 종장 첫머리에 놓이는 석 자의 묘미, 이것이 사설시조가 자유시의 산문시와 구별되는 특징이라고 주장할 것이다. 괴로운 것은 자유시를 우리 시조인이 보는 눈으로 종장쯤 되는 첫머리에다 석 자만 바꾸어 끼워주면 사설시조와 흡사하다는 점이다. 이와 비슷한 혼돈으로 (이지엽 씨의 「떠도는 全봉준」처럼) 평시조 연작시를 구와 행과 수의 구분도 없이 연결하여 써놓다 보면 영락없는 자유시 형태다.

사설시조를 민병도 씨의 「모래성 쌓기」 「저무는 미루나무」처럼 써놓으면 그 또한 자유시 형태다. 기실 그들의 그런 시는 자유시지 결코 사설시조가 아니라고 주장하는 사람들이 허다하다. 허나 애달프게도 그들의 시 속엔 3장과 종장의 석 자가 엄격히 지켜지고 있음을 찾아볼 수 있다.

전연욱이 발표한 「한계령의 한계」(《월간문학》1989년 4월호)도 자유시란 평을 받았다. 그러나 그 작품은 나로선 허용받고 싶은 사설시조 기사법이었다.

이젠 시조의 내용이나 근대성 운운만을 문제 삼을 시기는 지났다고 본다. "근대성의 획득 즉 모더니즘의 수용과 그 극복, (…중략…) 근대 산업사회의 복잡한 인간 삶을 정통 정형시의 형식으로 담기에는 상대적으로 미흡한 부분이 있다는 것도 인정해야 할 것이다."(「현대시조의 위상과 그 가능성」, 오세영) 이러한 우려도 70년대, 80년대에 이미 극복했다고 나는 보고 있다.

문제는 아직도 시조의 기사 형식을 두고 시조거니 비시조거니 하고 논란을 삼는 데 있다. 한 어구의 독립된 행 표기법을 두고 자유시의 흉내를 낸다거나 "자유시처럼 보일까? 위장이라도 하려는"(《시조와비평》, 1991년 봄호, 69쪽, 전원범) 같은 염려도 시조를 파괴하는 문제로까지 비약할 건 아니라고 본다. 평시조든 사설시조든 품격을 지닌다는 주장은 한 언어가 지니고 있는 의미적 특성을 살리기에 부족하고 사각의 정글만이 시의 최고의 미적 표기법이라고 주장할 수 없다.

시조는 사각의 규격을 꼭 지켜야 한다는 건 자유시와 구별 짓기 위한 방편으로밖에 받아들일 수 없는 나로선 종장 첫머리의 석 자마저도 두 자나 넉 자까지도 허용할 수 있다는 장순하 씨의 주장에 숨통이 트인다. "사설을 쓸 바엔 자유시를 쓰라" 하는 주장들이 우세한 한 나의 시조 창작 의욕은 늘 미로에 빠질 것이다.

그러나 「시조의 문체와 기사형식記寫形式 (2)」(《시조와비평》, 1991년 봄호, 김제현)을 보면 내가 마지막 시집이 될 거라고 생각해왔던 세 번째 시집을 내어놓고도 다시 시조를 쓸 미련이 남기도 한다.

평시조, 엇시조, 사설시조의 동원으로 시에다 담고 싶은 모든 표현은 얼마든지 가능하다고 보기에 이제는 시조가 자유시를 따라잡을 수 있느냐가 문제가 아니라 "혼돈과 무질서에 빠져 있는 우리 자유시에 민족문학의 질서와 규범을 부여하는 핵으로서"(「현대시조의 위상과 그 가능성」, 오세영) 자유시를 시조의 영역 속으로 끌어들이는 작업도 동시에 수용해야 할 우리 시조단의 과제라고 본다.

여기에 수록된 작품들은 몇 편을 제외하고는 모두가 발표된 작품들이다. 편수의 부족함을 느끼나 그만치 나는 4년 동안 시조 창작의 슬럼프에 빠져 있었음을 고백하면서 이 글을 맺는다.

1991년 8월 30일
소적재에서
저자 전연욱

전연욱 Chun, Yeon Uk

본명 전인순全仁順.
시인, 소설가, 서양화가.
경남 마산 출생. 만 6세 때 거제에서 잠시 살다 통영에서 10년간 성장.
충렬초등학교 졸업, 통영여중 3학년 2학기에 마산여중으로 전학, 마산여중, 마산여고 졸업, 부산대학교 문리대 가정학과 수업.

문학
1972~73년《현대시학》3회 추천완료 등단. 이영도 선생 문제자.
한국시조시인협회 수석부회장, 한국문인협회 이사, 국제펜클럽 한국본부 여성작가위원, 한국현대시인협회 심의위원, 행정자치부 주관 공무원문예대전 시조 부문 심사위원(2002년, 2007년), 한국여성문학인회 이사,《시조춘추》편집고문 역임.
현재 한국시조시인협회 자문위원, 한국시조문학진흥회 자문위원.
시집『비를 몰고 온 바람』(1984)『지옥도』(1987)『몸살로 오던 가을』(1991)『그리운 섬』(1997)『멀미』(2001)『산바람 소리』(2009)『혼돈』(2015), 소설집『꿈아 꿈아』(1998), 장편소설『암초밭엔 산호가 핀다』1, 2권(2003), 3권(2013년 초 탈고).
한국시조문학상(1987), 과천율목문학상(1997) 수상.

미술

2001~2002 한국야외수채화가전(서울갤러리)

2003 미의식의 표상전(안산종합전시장)

2006~2007 현대사생회회원전(동덕갤러리)

2008 팔라스21 창립전(수갤러리)

2008 대한민국 현대미술 1000인전(단원전시관)

2010 현대사생회회원전(공평갤러리)

2011 대한민국 미술단체 페스티벌(예술의전당)

2011 현대사생회회원전(서울미술관)

2012 '내장산을 그리다'(한국 단풍의 명산)전 참가

2013 마음으로 그린 서천 풍경전 참가

2013 전연욱 작품전 〈부스전〉(서울미술관)

2015 창립 30주년 현대사생회회원전(LA MER 전관)

2016 현대사생회회원전(LA MER 3층 전관)

서울시민사생대회 입상, 금상

현대사생회 회원